前 言 *Foreword*

以住宅装修来"旺"家是时下许多业主的共同选择，然而多数业主却不明白何为"旺"家。本书从科学的角度来诠释在装修过程中业主该如何实现家居环境的健康化、舒适化，以此来营造一个科学合理的家居环境。

本书选取有针对性的10个家居空间进行全面的介绍和案例展示，并按各自的特点分为《客厅》、《玄关·餐厅》、《卧室·书房》、《厨房·卫浴》和《过道·隔断·阳台》五册，每册涵盖以下四个部分：

"以人为本"的设计："以人为本"的设计简单来说就是体现人性化的使用。未来的住宅应是在有限的空间考虑个人的精神与情感因素多一些，装修是为人服务的，不是为装修而装修。"以人为本"的家居设计主要通过风格、颜色、材料等方面的手段来表现。

家具巧布置，提升空间人气：一般说来，家具约占居室面积的40%~50%，因此居室布置的美观与否，很大程度上受家具摆放的影响。家具摆放得好，可以体现出一种长短相接、大小相配、高低错落有致的韵律，使人感受到一种流动的美，对提升家居人气也有促进作用。

从细节入手打造开运空间："细节决定成败"同样适用于家居装修。像灯光、饰品、生活宜忌等细节往往容易被人忽视，但它们却是打造完美开运家居的关键，直接影响到我们日后生活的方便性和舒适性。

轻松打造健康家居：在人们越来越追求生活质量和生活品质的今天，健康家居成为人们关注的焦点，家居要绿色，要环保，要节能已经成为时代发展的趋势。想要打造健康家居，不妨一起把植物搬进家，选购环保材料，生活上处处节能吧。

本书提供了大量精美的家居装修实例供读者参考借鉴，并辅以通俗易懂的装饰常识和家居宜忌，让读者得到直观的参考资料，进而实现真正意义上的"旺"家居。参与本书编写的有：邓毅丰、黄肖、程波、桑文锦、赵延辉、刘栋梁、贾春琴、张宁、杨淳、刘文杰、江乐兴、廖文江、潘桂霞、王敏、陈艳。

目录

Contents

细解旺家装修1688例

张立鹏 主编

过道·隔断·阳台

机械工业出版社

CHINA MACHINE PRESS

以住宅装修来"旺"家是时下许多业主的共同选择，然而多数业主却不明白何为"旺"家。本书从科学的角度来诠释在装修过程中业主该如何实现家居环境的健康化、舒适化，以此来营造一个科学合理的家居环境。本书提供了大量精美的过道、隔断及阳台装修案例供读者参考借鉴，并辅以丰富的健康家居装修知识，让读者得到直观的参考资料，进而实现真正意义上的"旺"家居。

为本书提供图片的设计师和设计公司有：

阿彬　艾木　爱尔福特　格澜堡　邓艳铭　沉砚　陈宏　陈建华　陈温斌　陈水平　陈文秋　丁菲菲　杜国良　樊秋苑　冯易进　高亮　胡蓉　黄步延　黄新华　黄治奇　霍世亮　家饰坊　蒋宏华　蒋健成　瞿志良　老鬼　李东泽　李锋　李海明　梁苏杭　林森　刘铭　龙泊　毛毳　美颂雅庭　欧神诺陶瓷　潘杰　秦海峰　轻松元素　宋建文　苏凯　孙琦　孙孝雨　孙永胜　王飞　王刚　王五平　王晓城　巫小伟　项帅　谢青　熊丹　许清平　许思远　杨克鹏　杨晓金波　叶静　叶欣　由伟壮　赵丹　张建　张沁　张寿振　张晓阳　张有东　张禹　章进　周钟林　朱超　朱国庆　朱磊　子枫

图书在版编目（CIP）数据

细解旺家装修1688例系列．过道·隔断·阳台／张立鹏主编．—北京：机械工业出版社，2011.5
ISBN 978-7-111-34212-0

Ⅰ．①细…　Ⅱ．①张…　Ⅲ．①住宅—隔墙—室内装修—建筑设计—图集②阳台—室内装修—建筑设计—图集
Ⅳ．①TU767-64

中国版本图书馆CIP数据核字（2011）第071058号

机械工业出版社（北京市百万庄大街22号 邮政编码100037）
责任编辑：张大勇
责任印制：乔　宇
北京汇林印务有限公司印刷
2011年6月第1版第1次印刷
210mm×285mm·4.25印张　106千字
标准书号：ISBN 978-7-111-34212-0
定价：24.00元

过道篇

‖ "以人为本"的过道设计 ‖

    过道是在装修中容易忽略的一个空间，实际上过道设计的好坏直接影响到整个家庭装修的格局。很多人认为想让房子实际使用率高，过道面积就必须减少，甚至没有才最好。但是，现在家居的功能空间越来越多，考虑到其私密性，门跟着就多了。自然地，专用的过道也成了户型的基本空间构成。其实过道在古代建筑中被称做"廊"，也是家居建筑中必不可少的基本空间构成。

    若一套房子有一条长长的过道，甚至是开门就对着过道，不要有太多的抱怨，只要在设计上经过一些处理，不仅能改变过道给人的压迫感，而且还能起到很好的装饰效果，使家更具备丰富的内涵和生活的色彩。在设计时，不妨考虑用颜色、材料搭配现代的设计手法等来扩展过道的空间感觉。

过道巧用镜面

　　家中如有较长的过道，不妨用镜面装饰过道的墙面，这样可以使过道看起来比较宽敞。如果过道较黑暗、弯曲，则于弯曲处装一面凸镜，这样便可丰富视野；如果太阳光可进入过道，就会因有镜子反射，令光线加强，让过道看起来更明亮。

精 彩 点 评

左上图：过道很简洁，把空间的直线条进行到底，让空间完美地融合在一起。

右下图：在过道里放置简单的家具，能打破空间给人的单调感。同时精心挑选的家具会成为过道非同寻常的装饰品。

过道材料要注重整体感

　　地面在小空间内自然习惯顺延其他空间的材料，客厅的木地板或是大理石都可以沿用到过道上来，保证空间整体感。当然，如果过道比较明亮宽敞，也可用单独的材料来区分。一般情况下，还是沿用大厅的材料比较保险。

过道地砖的选择

　　地砖是过道最常见的地面材料，过道适宜选择小规格的地砖，而且应根据居室风格，选择合适的颜色，质地，营造统一的装饰效果。

Tips

过道颜色巧选择

　　过道在衔接空间上起到非常重要的作用。如果不同的功能空间选用了不同的颜色作为主题，那么过道最好选用一些中性色，能起到不同色调之间的平衡作用。如果大环境的颜色是协调统一的，那么过道的颜色就可以炫一点，空间也会因为它的炫目而变得更精彩。

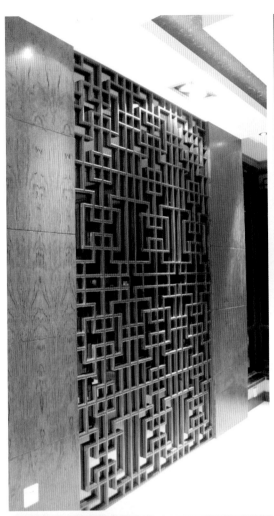

避免过道的狭长沉闷感

　　过道连接家居中不同空间，它设计得好坏直接影响到家庭装修的整体效果，这个特殊的空间也应该好好的规划。过道设计的关键是：尽量避免狭长和沉闷感。在设计时，可以考虑用灯光、墙壁的颜色及挂画饰品等简单易行的手法来扩展过道的空间感觉，不仅省钱而且环保。

过道分隔"动" "静"区

　　在现代户型中，动静分明的格局已是大势所趋，运用过道分隔"动"区和"静"区也在所难免。如何设计好过道，是家居设计中的一道必须面对的难题。一般家居的过道宽度以110cm为宜，如果是别墅，则可以适当增宽过道尺寸。

精 彩 点 评

下右图： 在田园风格的居室里，过道一般都有简洁的线条、自然的材质和清爽的色彩，这样能充分体现田园风格的温馨与质朴。如本案般，这样的过道不炫耀，更实用，同时也会让家居充满快乐的氛围。

左上图： 过道的空间一般比较狭长，顶面的颜色和材料就变得很重要。选用雅致的颜色或简单复古的花纹，能让这原本有点压抑的空间弥漫出一种清淡而优雅的怀旧情绪。

从细节入手打造开运过道

　　细节是决定成功与失败的关键。随着时代的发展，家居装修也迎来了不可忽视的细节问题。在家居装修中，一些细微的部分都会影响家居的整体格局与搭配。在过道装饰时，有一些细节往往容易被人忽略，而这些细节如果处理不当，很可能会影响日后的家居生活。

　　不妨在过道的顶面和地面上下功夫。装饰过道顶面要考虑亮度，可多用浅色调墙纸或涂料。同时，也可以通过灯光的照射来营造强烈的空间感和层次感。过道地面要着眼于耐磨及经常清洗的特点，多铺地砖或大理石，使用地毯也未尝不可。大胆一点，可以采用不同图案或不规则线条的地砖，也可以铺设一些艺术地板，来增强过道的时尚感和与众不同。

Tips

过道的形和色

过道的形和色根据光的照射角度、强弱、位置等不同可以有千变万化的表现。通过光源、色彩的组合，创造回家的气氛；审慎的选择，巧妙的搭配，不仅可表达主人的个性，还能烘托美好的气氛，使人缓和紧张的情绪，心理上得到调节。

Tips

过道忌直冲卧室门

　　过道最好不直冲卧室门，这样会让人一进门就看到卧室，影响卧室的私密性。在设计时为了避免这一点，可在过道处设门，这样就可以保证卧室的私密性了。在过道装门，宜下实上虚，下半部分是实木而上半部分是玻璃的门最理想。因为它既有坚固的根基，又不失通透性。

灯光营造过道气氛

　　过道的灯光设计要与整体居室的风格相协调。暖色光让人感觉亲近，冷色光则能缓解过道给人的狭长感受，冷暖光的结合更是能让小小的空间带给人意想不到的惊喜。同时，不可否认，灯光是营造气氛最简便、经济的办法。

Tips

冷暖色调的过道

    过道一般没有采光的窗户，只能人工照明，通常用白炽灯、吸顶灯和壁灯，不宜采用荧光灯，因为荧光灯在狭长的空间里显得太刺眼；在色彩的处理上要注意和相邻空间相适应，暖色调的过道可适当加一些饰物，营造一种亲切的感觉，冷色调的过道，设计、布置都应尽量简洁，这样空间会显得更宽敞明亮。

精 彩 点 评

左上图：喜欢简约风格的人，过道也一定会褪去缤纷的颜色。有人也会担心过于单纯的颜色会影响视觉效果，其实只要搭配一两件饰品和精心的灯光设计，就能打破沉闷，在简约中展现空间的不凡个性。

右上图：如果装修的预算有限，不如尽量买些活动的装饰构件装点过道，一来轻巧，二来易更换；或为了融合整个装修风格，不妨如本案般用装饰画装饰墙面，既省钱又美观实用。

Tips

过道空间注意流通

　　把过道设置成过渡空间，有一点要特别注意：由于过道主要还是用于流通，所以别把那里堆放得太满，以致太过拥挤影响正常使用，而且还有可能成为安全隐患。进出房间一定要方便，如果你不得不侧着身子才能绕过过道里的一张桌子的话，那这张桌子根本就不应该放在那里。

过道忌使人眼花缭乱

装修过道，壁纸或涂料均可使用，但是，如果过道里的空间狭小，最好选择较清淡明亮的色彩。如果空间够宽敞，也可以选用较丰富而深暗的颜色。不过，最好避免在这个局促的空间里堆砌太多叫人眼花缭乱的色彩与图案。

带着美学去"集"饰品

　　受轻装修、重装饰思潮的影响，装饰在家居生活中的地位越来越重。选用一些点缀的小饰品、精心布置过道墙壁，也可以起到画龙点睛的效果。但选择装饰品时一定要带着美学修养去"集"，不然家里很容易变成杂货铺。

精彩点评

右下图：将储藏空间组合到过道中。对于较宽敞的过道，可以沿墙设一排柜子。把那些不常用的东西放进去，既增加过道的使用率，又不会妨碍正常交通，一举两得。

左下图：欧式风格的居室里，细节上也要极其讲究。过道这样不起眼的空间也应该在装饰风格上与整体居室一致，这样才能处处彰显出主人的大气与品位。

过道巧用灯光

　　过道是进入各个区域前的一块区域，是人会经常经过的地方，所以在装饰上面，不宜做太多实体的装饰，不妨巧妙地运用灯光。在灯具的选择上，不需要花大钱，那些小巧而实用的射灯、壁灯和吊灯就是最好的帮手。

Tips

吊顶改变过道的局促

　　过道的空间往往比较局促，容易产生压抑感。但通过局部的吊顶配合，可以改变过道空间的比例和尺度。在巧妙构思下，过道顶面往往成为极具表现力的室内一景。它可以是自由流畅的曲线，也可以是层次分明、凹凸变化的几何体等。

轻松打造健康过道

　　过道具有室内交通及分隔与联络各个建筑空间的功能。如果能在过道里放置植物，就可以起到放松人的心情、稳定思想情绪的作用；刚浇过水的植物，在视觉上还能让人感到充满希望，这份希望，肯定是一天为生活劳累后的最好鼓励。

　　过道一般较窄，且人来人往，所以在选择植物时宜选用小型盆花，如袖珍椰子、蕨类植物、鸭跖草类、凤梨等。可根据壁面的颜色选择不同的植物。如果墙面为白、黄等浅色，则应选择深颜色的植物；如果墙面为深色，则选择颜色淡的植物。若楼梯较宽，可每隔一段阶梯上放置一些小型观叶植物或四季小品花卉。在扶手位置可放些绿萝或蕨类植物；平台较宽阔，可放置印度橡皮树、龙血树等。

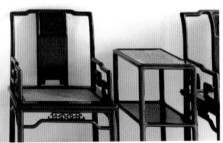

Tips

过道绿化忌妨碍交通

　　过道的花卉装饰，要特别注意不能妨碍通行和保持通风顺畅。较宽的过道，可分段放置一些盆花或观叶植物，可以利用不同的植物种类突出每条过道的特色。对于一些过道局部空间突然放大的地方，可配以一些较大型的植物如橡皮树、龟背竹、龙血树、棕竹等。

过道植物有讲究

　　如果过道比较宽阔，可摆放一些观叶植物。植物的叶部要向高处发展，使之不阻碍视线和进出。居室过道是行走最频繁的地方，摆放的植物不宜杂乱无章。不宜把插花、盆栽、观叶植物等同时摆放，这样既阻塞通道，给家人造成不便，也容易损害植物。

‖ "以人为本" 的隔断设计 ‖

　　隔断，用来将两个或两个以上空间进行隐性或明显分隔，不要以为这仅仅意味着一堵没有其他功能的墙体，储物、装饰、采光、不固定地变化空间……隔断可以附加太多的功能，只要你想得到，就做得到。

　　设计隔断时应注意三个方面的问题，首先是造型，设计时应注意高矮、长短和虚实等变化的统一。第二个是颜色的搭配，由于隔断是整个居室的一部分，颜色应该和居室的基础部分协调一致。第三个是材料的选择和加工，可以精心挑选加工材料从而实现良好的形象塑造和颜色的搭配。

　　根据主人的需要，不同的隔断具有不同的功效，用对了地方，就能使你的居室增色不少。

布艺隔断能省钱

　　面积有限的居室，不妨用布艺隔断代替墙、门等硬性隔断，不仅能省钱，而且还能创造出尽可能通透的效果。值得注意的是，不要选择深沉而压抑的色调，大面积选用平和的颜色，而小范围使用比较炫目的颜色有助于活跃空间。

精 彩 点 评

左下图：居室的面积不大，用可开合的纱帘作为客厅与餐厨的隔断是最好的选择。在需要的时候拉上纱帘，能良好地保持空间的独立性；不需要时，再把它拉开，丝毫没破坏原有的空间格局。

右上图：如果居室的面积不大，隔断的形式就不宜过于复杂，否则会给人凌乱的感觉。

Tips

帘子能使空间"隔而不断"

　　如果不希望整个大空间一览无余，但又不想在空间上形成真正的阻隔的话，可以在不同的功能空间之间垂放纱帘、珠帘或金属帘。半通透而且飘逸动人，装饰效果突出，同时也起到了阻隔空间的作用，不能不说是一举两得。

使用玻璃隔断要慎重

  如果家中有老人和小孩，使用玻璃隔断要慎重。如果在家中装玻璃隔断，一定要注意在玻璃隔断的中段贴上装饰条或者贴膜，否则如果室内光线不足，老人视力不好，很容易撞上玻璃墙或门。而小孩子视线低，容易忽视下部的玻璃，而且又好动，很容易直接撞到玻璃伤到孩子。所以，在家中使用玻璃隔断，最好在下面装上木制实体等以达到保护目的。

Tips

玻璃金属隔断打造现代家居

由金属框架与透明玻璃组成的大型隔断出现在家里会显得非常现代，而且可以作为各种空间的隔断出现。即使作为室内与室外的空间衔接也不会出现任何问题，当然，在这种情况下，建议将玻璃部分设置为双层玻璃，既可以减低噪声污染，还能起到保温作用，使得室内暖气或冷气保留时间更长，达到节能效果。

精 彩 点 评

右中图：玻璃隔断给人别具一格的视觉感受，让里面的空间若隐若现，让人对未知的空间产生强烈的兴趣。

左上图：玻璃与白纱的结合，刚柔并济，空间也因此而变得不一样起来，流露出主人对生活独到的理解。

木格栅宜用在阴暗空间

如果不希望空间被完全隔断，不妨采用通透的木格栅作为空间隔断，从而达到既区分空间功能，视觉上又有空间的连续性和通透性的效果。木格栅一般不太影响空间的采光，适合用在采光不良的空间里。

Tips

小居室宜选通透隔断

　　面积有限的居室，不妨用通透隔断代替墙、门等硬性隔断，不仅能省钱，而且还能创造出尽可能通透的效果。值得注意的是，不要选择深沉而压抑的色调，大面积选用平和的颜色，而小范围使用比较炫目的颜色有助于活跃空间。

隔断的色彩要合理

　　隔断的色彩、空间视觉搭配也要尽量合理。不能过暖，暖了空间感不好；因为冷色调的物品感觉要小，这样才能给人空间宽裕的视觉效果；也不能过冷，冷色调总让人觉得太过严肃，而且没有那种让人易于融入进去的氛围；中性色调比较好，既有简洁、敞亮的感觉，又可以轻松融入周围的色彩而不觉突兀。

精 彩 点 评

　　左下图：早在商周时期，便出现了用来挡风和阻隔的屏风。而这样的屏风今天更多的是用来分隔空间，同时也是家居里很好的装饰。

　　上图：温润、质朴的木质格栅成为现代居室里的重要组成部分，为空间注入了一份新的内涵，也彰显了主人独特的生活品位。

隔断忌太抢眼

制做隔断时，材料的选择比较重要，尽可能选择给人以亲切感的材料，而且在色泽上不要太抢眼，否则会把焦点全部集中到隔断上，影响居室整体氛围。最好隔断的颜色要和两个功能区域有雷同的地方。

精 彩 点 评

右下图：选择一扇可变换角度的屏风作为空间的隔断，会让家居空间呈现更多样化的表情。

左上图：楼梯的下部一般难以修饰，给人单调的感觉。不妨用类似本案的通透隔断挡一挡，再配合灯光，顿时变成了一个个性餐厅。

Tips

夫墙隔断巧省钱

　　如果卧室和书房或客厅和餐厅之间完全使用夹墙做隔断，会令空间产生局促的感觉，如采取一半夹墙的隔断方法，效果就好多了，既有一定的通透感觉，也起到了应有的隔断作用，同时花费也不会太多。

‖从细节入手打造开运隔断‖

空间，看似有限，却会因为布局与规划的不同而产生无限的变化与延展性。在空间中使用隔断，有时是为了功能的意义，有时又是为了空间的意义，看似隔而非断，在这藕断丝连间将空间扩展，朦胧之间一切会变得更加美丽。

传统意义上，所谓隔断是指专门分隔室内空间的不到顶的半截立面，而在如今的装修过程中，许多隔断却由新型材料或家具等充当，比如屏风、展示架、酒柜，这样的隔断既能打破固有格局、区分不同性质的空间，又能使居室环境富于变化、实现空间之间的相互交流，为居室提供更大的艺术与品位相融合的空间。

隔断价格有高低

在隔断价格方面，珠帘隔断、铝合金和石膏板隔断相对便宜些，塑钢隔断的价格居中。胶合板也较便宜，实木的隔断最贵，而且实木隔断也有档次之分，例如榉木隔断就要比水曲柳的贵一些。

大芯板隔断不能"省"

　　有不少家庭，喜欢用大芯板作隔断。大芯板的质量直接关系到室内甲醛的含量，因此在大芯板上绝对不能省钱。大芯板的价格从25元/张到125元/张不等，一般装修用量都不会超过10张，即使用最贵的，总价格也能控制在1500元以内，同时还能保证环保和质量。

Tips

家具隔断巧收纳

　　落地家具、金属、木材、玻璃等其实也都可以用于做隔断，它们的缺点是不可移动、不便改造，设置好后，被它们所分隔的两个空间就无法再贯通连接。但如果前期设计巧妙，这类固定隔断能为生活带来很大的便利，比如提供收纳空间，对于需要创造和开辟储物空间的家庭来说，是一种非常实用且省钱的选择。

精 彩 点 评

左下图：没有扶手的楼梯会给人不稳定的视觉感受。不妨在楼梯侧边加个隔断，这样空间就会显得更完整。

右中图：近年来，把吧台作为空间隔断的手法非常常见，这样的做法不仅有效地分隔了空间，还在无形间丰富了空间的内涵。

Tips

家居使用安全玻璃

　　现在人们常常采用玻璃门来装饰家居，一来视觉通透，二来也显得靓丽一些。但是很多人并不知道，对于门玻璃来说，无框玻璃必须使用安全玻璃，且厚度不小于10mm；玻璃面积大于或等于0.5m²时，有框玻璃也应使用安全玻璃。目前市面上的安全玻璃主要有四种：钢化玻璃、夹层玻璃、半钢化夹层玻璃、钢化夹层玻璃。

Tips

拆墙要慎重

　　想要家居空间更通透，不一定要把墙完全拆除。千万别觉得拆墙每平方米的成本很低，拆墙通常会带来水电路改造的增加、工期的延长，这些都是额外成本的增加。如果真要拆墙，不妨看看能否保留一部分墙体，结合玻璃或其他软性材料设计出实用、美观兼具的隔断。

柜子隔断忌太矮或太高

　　用做隔断的柜子高度最好在0.9m～1m左右，太矮或者太高都会影响到效果。太高可能会影响到通风和采光，也会令空间显得更小。至于颜色方面，如果整体风格的色彩丰富，就不用过于强调柜子的颜色；如果风格是色彩素雅的，沙发是深颜色的，柜子最好就选用浅颜色的。

阳台篇

‖"以人为本"的阳台设计‖

　　阳台是建筑物向空中扩展的产物，是城市住宅不可缺少的一部分。过去，由于居住条件的限制，很多家庭的阳台只是洗晾衣服和堆放杂物的场所。近年来，随着居住水平的提高，很多住宅既有与客厅或房间相连的观景阳台，也有与厨房相连的工作阳台。将阳台的功能划分成观景和工作之后，阳台的装饰摆设便成为大家共同关注的话题。对于长期生活在城市的人来说，阳台是居室和外界沟通非常重要的过渡。阳台的面积通常不大，所以装修上不宜大动干戈，只要小小的改变和装饰点缀，阳台立马就能耳目一新。

　　大多数人都喜欢在阳台上种上花草，虽然面积有限，但却能给人提供一个养生休闲的家居空间。如果阳台的面积比较大，不妨把它打造成一个小庭院，将园林造景的手法引入阳台，这样的阳台，给人浓浓的自然气息，同时让你的生活充满情趣。

阳台的休闲时光

从健康实用的角度来说，阳台最合适的
附加功能莫过于阅读、休闲，毕竟在快节奏
的城市生活中，有这么一块能沐浴着自然阳
光，享受慵懒舒适的生活空间还是非常难得
的。阳台窄一点的，可以放上一张逍遥椅；
宽一点的，可以放上漂亮的小桌椅；而大型
的露天阳台内，一把亮丽的遮阳伞是必不可
少的。再摆上几个别致的饰物，阳台顿时显
得生动了许多。

精 彩 点 评

右中图：阳台与客厅通过玻璃窗进行分割，比较适合北方家庭，闲暇之余让人倍感心情的舒爽同时也有利于家人活动的私隐。

右下图：与室内装修相比，阳台可以少用人工的材料，而多选用纯天然的材料，例如天然石、木板、石砖等。让阳台与户外的环境融为一体。

阳台宜选天然材料

在阳台材质的选用上，应减少使用人工的、反光的材料，因为这类材料会令人感到不舒适，并会破坏阳台的气氛。所以，可以考虑选用纯天然材料，让阳台与户外的环境融为一体，例如天然的木质材料，这样既可以使阳台显得干净整洁，又有一种温暖的气息蕴含其中。

‖从细节入手打造开运阳台‖

现在的住宅，几乎每户都有一两个阳台，不同的住宅，阳台虽宽窄、大小不同，但有胜于无。在考虑居室装饰时，千万不要忘了对阳台进行美化。通风、透气、采光、纳凉、晒衣、晒物都是阳台的基本功能。但除了这些外，盆栽花草，也是阳台不可忽视的重要潜在功能。

在装修阳台时，有两个最重要的细节不容忽略。第一个是防水；第二是不要拆除阳台与居室之间的那面墙，阳台与居室之间的墙体属于配重墙，起制约阳台作用。如果你需要拆掉这堵墙，应预先与小区物业联系，并得到专业工程师的允许才可实施。

阳台装饰安全是首位

由于现在家居在户型设计上，居室阳台的面积越来越大，人们对阳台的装饰要求也越来越高，一些人甚至完全采用等同于室内空间的手法来进行布置。但是，不要忘了阳台一般都是悬挑于楼外的，经不起太大的重量和猛烈的撞击，在阳台上也不宜放置过于沉重的家具。所以在装饰阳台时，应该时刻把安全置于首要位置。

精 彩 点 评

　　右上图：纯净空间的设计，让阳台多了一份宁静，放下忙碌的工作，调整自己的思绪，让生活多一份沉静。

　　左下图：坐在坐椅上看上一本钟爱的书，幸福感油然而生。

Tips

阳台灯可以多样化

　　灯光是营造气氛的高手,很多家庭的阳台就是一盏吸顶灯了事。其实阳台可以安装吊灯、地灯、落地灯、壁灯等,甚至可以用活动的防风煤油灯或蜡烛台,只要注意灯的防水、防火就可以了。

Tips

阳台配重墙不能动

　　很多人为扩展居室使用空间，充分利用阳台，往往希望把阳台同室内打通，但居室和阳台之间有一道配重墙，窗下的部分是绝对不能动的，它起着支撑阳台的作用，同时阳台地饰面也不要使用厚重材料如大理石等，不要放过重的家具，以免造成阳台荷载过重。

阳台要注重防水

　　只要做好阳台的防水，在设计上就能尽情发挥。对于一般的家居而言，阳台最为重要的功能就是要享受阳光。放置一套造型简洁的休闲桌椅或茶几，加上温暖的阳光，带来惬意而自然的舒适生活。

阳台忌作太多安排

阳台的布置要求是实用、宽敞、美观，同时要注意安全。阳台的面积一般都不大，约在三四平方米左右，人们既要活动，又要种花草，有时还要堆放杂物，如果安排不当，会造成杂乱、拥挤。因此，面积狭小的阳台不应作太多的安排，尽量省下空间来满足主要功能。

精 彩 点 评

　　下中图：榻榻米式的阳台设计，简洁造型桌的搭配，闲暇之余下盘棋，让人尽享生活的乐趣，同时增加了家人情感的交流。

　　右下图：本案阳台的地面略高出卧室，这样的设计，丰富了空间的层次感，木地板和木吊顶的装饰材料增加了自然舒适的生活气息。

‖轻 松 打 造 健 康 阳 台‖

　　阳台，是住宅视野最开阔的地方，与大自然最接近，如果在这个区域借由一些美化步骤，达到风生水起好运来的目的，对家庭健康与运势的提升将大有帮助。

　　从实用的角度讲，阳台植物可美化室内环境，缓解视觉疲劳和精神压力，增添生活情趣。阳台因较空旷，日光照射充足，适合种植各种色彩鲜艳的花卉和常绿植物，可在顶部悬挂吊盆，栏杆处摆放开花植物，靠墙摆设观赏盆栽来达到整体绿化效果。

　　另外，由于阳台植物的存在，可以调节室内空间的温度湿度，在炎热的夏季带来清凉，在冬季可缓解干燥，更为重要的是，很多城市雾霾天气增多，空气污染严重，如果空气中的灰尘和有害气体经阳台进入室内，对居住者的健康极为不利。在阳台摆放一些能吸附灰尘或吸收有害气体的植物，可以净化室内空气，大大减少空气污染的危害。

阳台美化的常见方式

　　阳台美化的方式有常见的花箱式、悬垂式、花堆式等。花箱式的花箱一般为长方形，摆放或悬挂都比较节省阳台的面积和空间。培育好的盆花摆进花箱，将花箱用挂钩悬于阳台的外侧或平放在阳台护栏上沿。利用上层阳台的底面，悬挂可以生长的花卉，这种方式是悬垂式，是一种极好的立体装饰。花堆式是最常见的绿化方法，即将各种盆栽花卉按大小高低顺序排放，摆放在阳台的里面或放在阳台的护栏上。

阳台布置形式不同所选植物种类也不同

　　阳台装饰中植物花卉的选择因布置形式不同，所要选择的植物种类也不同。一般来说，采用花箱式可选用一些喜阳、分枝多、花朵繁、花期长的耐干旱花卉，如天竺葵、四季菊、大理花、长春花等。采用悬挂式可选用垂盆草、小叶长春藤、旱金莲、吊兰等。花堆式布置阳台可用的植物种类很多，但应注意层次分明，格调统一，种类不宜太多太杂，可选用菊花、仙客来、文竹、彩叶草等。

精 彩 点 评

上图：纯木饰面装饰、藤制休闲桌椅搭配观叶植物，将大自然舒适的气息融入其中。这样的阳台健康、环保、实用、美观，一样不缺。

右下图：根据自身的需要，可按本案将阳台设计成不同造型的景观小品，休闲、种花、晒太阳，生活不亦乐乎。

阳台类型与植物材料

　　不同的阳台类型与不同的植物材料，能形成风格各异的景色。比如，为突出装饰效果，形成鲜明的色彩对比，可用暖色调的植物花卉来装饰冷色调的阳台。向阳、光照较好的阳台应以花叶兼容的喜光植物来装饰，而光照较差的阳台则应以耐阴、喜好凉爽的植物装饰为宜。

Tips

根据自己的喜好、生活习惯来选购植物

　　根据自己的喜好选择观叶、观花或观果类植物。同时一定要结合自己的生活习惯，想清楚自己能有多少时间打理花草植物。如果你是公务繁忙的人，不妨选择一些生命力较强、不需要花太多时间打理的植物，如席尾兰、长春萝、佛肚树、万年青、竹节秋海棠、虎耳草等。